AF124208

www.ingramcontent.com/pod-product-compliance
Lightning Source LLC
LaVergne TN
LVHW010416070526
838199LV00064B/5309
9789358722789

نَورنگی کہانیاں

(بچوں کی کہانیاں)

مرتبہ:

سید حیدرآبادی

© Taemeer Publications LLC

Nau Rangi KahaniyaaN *(Kids Stories)*
by: Syed Hyderabadi
Edition: May '2024
Publisher :
Taemeer Publications LLC (Michigan, USA / Hyderabad, India)

ISBN 978-93-5872-278-9
9 789358 722789

مرتب یا ناشر کی پیشگی اجازت کے بغیر اس کتاب کا کوئی بھی حصہ کسی بھی شکل میں بشمول ویب سائٹ پر اَپ لوڈنگ کے لیے استعمال نہ کیا جائے۔ نیز اس کتاب پر کسی بھی قسم کے تنازع کو نمٹانے کا اختیار صرف حیدرآباد (تلنگانہ) کی عدلیہ کو ہوگا۔

© تعمیر پبلی کیشنز

کتاب	:	**نو رنگی کہانیاں**
ترتیب و تدوین	:	سید حیدرآبادی
صنف	:	ادب اطفال
ناشر	:	تعمیر پبلی کیشنز (حیدرآباد، انڈیا)
سالِ اشاعت	:	۲۰۲۴ء
صفحات	:	۴۶
سرورق ڈیزائن	:	تعمیر ویب ڈیزائن

فہرست

(۱)	اندر کا آسمان	عطاء الرحمٰن طارق	6
(۲)	ہنڈولہ	عطاء الرحمٰن طارق	10
(۳)	اپنے بالوں کی حفاظت میں	غلام حیدر	13
(۴)	امدادِ باہمی	غلام حیدر	17
(۵)	ادھوری بات	حمیرا خاتون	22
(۶)	شہزادے کا عکس	حمیرا خاتون	30
(۷)	آؤ کٹھل کھائیں	عشرت رحمانی	35
(۸)	قلعی کھل گئی	عشرت رحمانی	38
(۹)	بولتا درخت	جلیل قدوائی	42

اندر کا آسمان

عطاء الرحمٰن طارق

شام کے ٹھیک ساڑھے پانچ بجے انا مجھے وہیل چیئر پر بٹھا کر برآمدے تک لے آتی ہے ایسا روز ہی ہوتا ہے۔ دریچے سے آنے والی کرنیں نت نئے منظر بناتی ہیں۔ میں آسمان کی وسعتوں میں گم ہو جاتا ہوں۔ دور افق پر آنکھوں سے اوجھل ہوتے ہوئے پرندے مجھے اپنے ساتھ کسی انجانے سفر پر نکل پڑنے کا پیغام دیتے ہیں۔

ٹھنڈی ہوا کے جھونکے میری روح کو سہلاتے ہیں اور مجھے ایسا محسوس ہوتا ہے جیسے میں آہستہ آہستہ فضاؤں میں تحلیل ہوتا جا رہا ہوں۔ سورج شفق کی لالی بکھیرتا ہوا اپنے گھر لوٹ رہا ہے۔ سارا آسمان تمتما اٹھا ہے۔ نارنجی شعاعوں نے ماحول کو خوابناک بنا دیا ہے۔

ایسے میں آسمان کے شمالی گوشے میں قرمزی بادل کا ایک چھوٹا سا ٹکڑا اڑتا ہوا چلا آرہا ہے اب وہ قریب آچکا ہے اور نگاہوں کے بالکل سامنے ہے۔ بڑا شریر ہے، دیکھتے ہی دیکھتے اس نے کئی آکار بنائے، کئی روپ بدلے، پہلے بلی؟ پھر بکری؟ پھر خرگوش اور اب ہرن!

آہا، کس قدر پیارا ہرنوٹا ہے۔

کیسی آزادی سے قلانچیں بھر رہا ہے۔ کاش اس کی طرح میں بھی اپنے بنگلے کے لان میں کھیل سکتا۔

مگر میری دنیا تو بس وہیل چیئر تک ہی محدود ہے۔

میرا جی چاہتا ہے، اپنے ہم جولیوں کی طرح میں بھی کھیلوں کودوں یا ان میدانوں کی طرف جانکلوں جہاں جھرنے کے پاس وہ ہرنوٹا کلیلیں کر رہا ہے۔

اوہ، یہ ہرنوٹا اپنی چال کیسے بھول گیا؟ شاید وہ کسی خطرے کی بو سونگھ رہا ہے۔ تبھی تو ہراساں ہو کر ادھر ادھر دیکھ رہا ہے اور اپنی کنوتیاں رہ رہ کر گھما رہا ہے۔ اب سمجھا ہرنوٹا واقعی مصیبت میں پڑ گیا ہے۔ اس کی طرف لپکتا سرمئی غبار سیاہ دھبے میں تبدیل ہو رہا ہے۔ یا خدا، سیاہ دھبے نے بھیڑیے کی شبیہہ اختیار کر لی۔ بھیڑیا اپنی لپلپاتی زبان نکالے ہرنوٹے کے تعاقب میں ہے۔

اب کیا ہو گا؟ ہرنوٹا بھاگ رہا ہے اور وحشت زدہ نگاہوں سے پیچھے مڑ کر دیکھتا جا رہا ہے۔ بھیڑیا اعتماد کے نشے میں چور ہے۔ وہ اسے پلک جھپکتے میں جا لے گا۔ ہرنوٹا بے بس ہے۔ وہ آخر کب تک اپنی جان بچائے گا۔ اف، اس کی ٹانگیں تو ابھی سے جواب دینے لگی ہیں۔ بھیڑیے کی ایک نپی تلی جس۔۔۔ اور۔۔۔ نہیں۔۔۔ میں یہ منظر اپنی آنکھوں سے نہیں دیکھ سکوں گا۔

اے خدا، اس سے پہلے کہ بھیڑیا اپنے ناپاک ارادے میں کامیاب ہو، تو غیب سے ہرنوٹے کی مدد کر۔

لگتا ہے دعا قبول ہوئی ہے۔

ابھی کچھ ہی دنوں پہلے مجھے بورڈنگ اسکول میں بھجوانے کے سارے انتظام مکمل کر لیے گئے تھے۔ لیکن ابو نے سختی سے منع کر دیا اور میں بورڈنگ اسکول میں جھونکے جانے سے بچ گیا تھا۔

وہاں اس کنارے سے نیلے بادل کا ایک ہیولا سا نمودار ہوا ہے۔ کوئی اس طرف آ رہا ہے۔ دھویں کے مرغولے چھوڑتا وہ تیزی سے دوڑ رہا ہے۔ ہاں اب صاف نظر آنے لگا ہے۔ وہ ایک نر سنگھا ہے۔ اس کی رفتار لمحہ بہ لمحہ بڑھتی جا رہی ہے۔ بھیڑیے نے اسے مڑ کر دیکھا ہے اسے زعم ہے کہ وہ اپنے نوکیلے دانتوں سے شکار کی گردن دبوچ سکتا ہے۔ ادھر ہرنوٹے کی بھی امید بندھ گئی ہے۔ اس کے پیروں میں جان سی پڑ گئی ہے۔ اے خدا تیرا لاکھ لاکھ شکر۔

اب میں اپنی آنکھوں سے دیکھ سکوں گا۔ شاباش میرے ہرن۔ بھیڑیا جب مغلوب ہونے لگتا ہے تو بھاگ کھڑا ہوتا ہے۔ جھپٹو، تمہارے مضبوط سینگ اس کے غرور کو چھیدنے کے لیے کافی ہیں۔ حملہ کرو، اسی طرح ڈٹے رہو۔۔۔ اچھال پھینکو اسے اپنے سینگوں سے۔ واہ، تم نے تو کمال ہی کر دیا۔ میں نے کہا تھا نا، بھیڑیے نے آخر اپنی ہار مان لی۔

اب ذرا ہرنوٹے کی خبر، بھاگتے بھاگتے بے دم ہو چکا ہے۔ خوب چاٹو اس کا بدن۔۔۔ وہ دیکھو بھیڑیا دور بھاگا جا رہا ہے۔۔۔۔ اب تو غائب ہی ہو گیا۔ ارے، یہ کیا؟ تم بھی چل دیئے۔

تاریکی بڑھنے لگی ہے۔ انا نے ایک ایک کر کے، برآمدے کے سارے بلب

روشن کر دیئے ہیں۔

شکریہ بہادر ہر۔۔۔ الوداع پیارے ہر نوٹے۔۔۔ اب میں بھی رخصت ہوتا ہوں۔

میرے ابو دفتر سے بس آتے ہی ہوں گے۔ اچھا خدا حافظ!

❉ ❉ ❉

ہنڈولہ
عطاءالرحمٰن طارق

باشے نے چادر منہ پر کھینچ لی۔ دھوپ جگہ جگہ سے پھٹی ہوئی چادر کے سوراخوں سے اسے کاٹ رہی تھی۔ وہ کروٹ بدل کر سونے کی کوشش کرنے لگا۔ سورج کچھ اور اوپر آیا تو دھوپ سوئیوں کی طرح پپوٹوں میں چبھنے لگی۔ تبھی میونسپلٹی کی صفائی والی بائی کی کرخت آواز سنائی دی۔ باشے نے چادر سمیٹی اور فٹ پاتھ سے اٹھ کر برکت چائے والے کے ٹھیلے پر بیٹھ گیا۔ اتوار کا دن تھا۔ میونسپل گارڈن میں آس پاس کے بچے، بوڑھے اور جوان جمع ہو رہے تھے۔ برکت چولہا جلا کر چائے بنانے کی تیاری کر رہا تھا۔

باشے نے کسمسا کر بدن کو ڈھیلا چھوڑا اور گہری سانسیں لینے لگا۔ ستمبر کا مہینہ تھا۔ دھوپ میں گرمی تھی اور ہوا میں ٹھنڈک۔ پتیوں کے ڈھیر فٹ پاتھ کے ایک کنارے لگے ہوئے تھے۔

جیسے جیسے دن چڑھتا۔ آئس کریم، قلفی، برف کے گولے، چنے مرمرے، چاٹ مسالے، املی، بیر اور الم غلم چیزیں لے کر ٹھیلے والے گارڈن سے لگی گھماؤ دار فٹ پاتھ پر آنے لگتے۔ گھوڑے والے چھوٹے بڑے سجے سجائے ٹٹولے آتے۔

جھولے والے، چکری اور ہنڈولہ لا کر کھڑا کر دیتے۔ چھٹی کے دن تو جیسے میلہ سا لگا رہتا۔

اطراف کے فلیٹوں سے بچے رنگ برنگے کپڑے پہنے آیاؤں، ماماؤں یا اپنی ممی پپا کے ساتھ آتے۔ وہ میدان میں ہڑدنگ مچاتے، جھولوں کی طرف لپکتے، ان کے پیچھے بڑے ہائیں ہائیں کر کے بھاگتے، کبھی ڈانٹتے ڈپٹتے کبھی صرف آنکھیں دکھا کر رہ جاتے، مگر بچے ان کی پرواہ کم ہی کرتے۔ پھر ان کی فرمائشوں کا سلسلہ شروع ہو جاتا۔ جو ضد پر اور کبھی کبھی رونے بسورنے پر ختم ہوتا۔ گھوڑ سواری کے ایک دو نہیں، کئی کئی چکر ہو جاتے۔ وہ جھولوں پر بیٹھتے، آئس کریم کھاتے، مائیں پیار بھری نگاہوں سے انہیں دیکھتی رہتیں۔ نوکرانیاں پانی کی بوتل، گیند، دھوپ کی عینک اور ٹوپی سے لدی پھندی اپنی ہم پیشہ عورتوں سے پہچان بڑھاتیں اور گپ شپ کرنے کھڑی ہو جاتیں۔ ٹھیلے اور سودے والوں کی تو جیسے بن آتی۔

باشے بھی چائے پی کر کام پر لگ جاتا۔ رگڑے کی پیالیاں دھوتا، گھوڑے کے ساتھ تیز تیز چلتا۔ جھولے کو دھکا لگاتا۔ ان کاموں کے اسے روپے دو روپے مل جاتے۔ تھک جاتا تو ہانپتے ہوئے فٹ پاتھ کے کنارے اکڑوں بیٹھ جاتا اور ہوا میں گھومتے ہنڈولے کو دیکھتا رہتا۔

آج اس کے پتا نہیں کتنے چکر ہو چکے تھے۔ سارا بدن پسینے سے شرابور تھا۔ جب کوئی بچہ چابک مار کر گھوڑا دوڑانے کی کوشش کرتا تو اسے گھوڑے قابو میں کرنے کے لئے دوڑ لگانی پڑتی۔ ارے ارے گرے گا، ٹارزن کے بچے۔ وہ دل ہی دل میں کچکچاتا۔

ابھی وہ دم لینے کو ہی تھا کہ اسے کانتی نے آواز دی۔ کانتی ہنڈولہ چلاتا تھا۔ وہ بھاگا بھاگا اس کے پاس پہنچا۔ ہنڈولے کے سبھی خانوں میں بچے بیٹھے ہوئے تھے۔ سب سے اوپری خانے میں لال پیلی جرسی پہنے اسی کی عمر کا ایک لڑکا بیٹھا تھا۔ صرف ایک خانہ خالی بچ رہا تھا۔ جھولے کا توازن بر قرار رکھنے کے لیے اس خانے میں بھی کسی بچے کا بیٹھنا ضروری تھا۔

اوپر بیٹھے ہوئے لڑکے نے چلا کر کہا۔

"بھیا، جھولا چلاؤنا!"

دوسرے بچے بھی ٹھنکنے لگے۔ کانتی بولا "ابھی چلاتا ہے بابا لوگ"۔ پھر اس نے باشے کو جھولے میں بیٹھنے کا اشارہ کیا۔ باشے نے اوپر بیٹھے ہوئے لڑکے کی طرف گردن گھما کر دیکھا جیسے کہہ رہا ہو ابھی میرا خانہ نیچے ہی سہی بچو مگر کبھی تو اوپر آئے گا اور کود کر جھولے میں بیٹھ گیا۔

کانتی نے خانے کی سانکلی چڑھائی اور ہنڈولہ زوئیں زوئیں ہوا میں جھکولے لینے لگا۔

***

اپنے بالوں کی حفاظت میں

غلام حیدر

"بدتمیز!" ایک تھپڑ

"ناکارہ!" دوسرا تھپڑ

"پاجی" اور پھر تو جیسے تھپڑوں کی بارش ہی ہونے لگی اور دن میں تارے نظر آنے لگے۔ دیوار پر لٹکی کبیر، غالب اور آئنسٹائن کی تصویری ایک دوسرے میں گڈمڈ ہوکر ناچ رہی تھیں اور پھر تو چہرے اور گنجے سر پر پڑنے والے بے شمار تھپڑوں کا حق دار ہوں؟ اس وقت میں آٹھویں جماعت میں پڑھتا تھا اور دلی کے ایک ہوسٹل میں رہتا تھا۔ میری آواز بہت اچھی تھی۔ شاید ہی اسکول کا کوئی جلسہ ایسا ہوا ہو جس میں میں نے کوئی نظم، ترانا یا گانا نہ گایا ہو۔

ان دنوں ایک خاص جلسے کی تیاری چل رہی تھی۔ اس جلسے کی صدارت ملک کی ایک مشہور شخصیت کو کرنی تھی۔ تیاریاں پورے جوش و خروش کے ساتھ چل رہی تھیں۔ کئی ہفتے پہلے سے کلاسیں صاف ہونے لگی تھیں۔ دیواروں کو چارٹ اور تصویروں سے سجایا جا رہا تھا۔ ان دنوں ہر شخص کسی نہ کسی کام میں مصروف نظر آتا تھا۔

ان خاص مہمان کے اعزاز میں ایک نظم بھی پڑھی جانی تھی اور ظاہر ہے کہ یہ کام میرے علاوہ اسکول میں کون کرتا۔

ہاں، میں یہ بتانا تو بھول ہی گیا کہ اس زمانے میں میرے بال کچھ زیادہ ہی لمبے رہتے تھے۔ میرے بالوں کی وجہ سے کئی بار میرے والدین بھی مجھ سے ناراض ہو چکے تھے اور اسی لیے ہاسٹل میں داخل ہوتے وقت مجھے خوشی تھی کہ اب میں اپنے بالوں کو اپنی مرضی سے بڑھا سکتا ہوں۔

مگر ہاسٹل میں داخل ہونے کے بعد جلدی ہی مجھے اندازہ ہو گیا کہ یہاں حالات اور بھی زیادہ خراب تھے۔

ہمارے وارڈن صاحب یوں تو بہت نیک اور محترم بزرگ تھے۔ لیکن تھے میرے والدین سے بھی زیادہ سخت وہ ایک آرٹسٹ تھے اور غیر ضروری حد تک ہر چیز کی صفائی اور سلیقے پر زور دیتے تھے۔۔۔ ظاہر ہے کہ میرے بال بہت جلد ہم دونوں کے بیچ فساد کی جڑ بن گئے تھے۔

ہر اتوار کو ہوسٹل میں ایک بوڑھا نائی آتا تھا، جسے ہم خلیفہ جی کہا کرتے تھے۔ میرا اتوار کا دن وارڈن صاحب کے ساتھ آنکھ مچولی کھیلتے گذرتا تھا۔ لیکن لاکھ کوششوں کے باوجود بھی چوتھے یا پانچویں ہفتے مجھے پکڑ کر خلیفہ جی کے حوالے کر ہی دیا جاتا تھا۔ خلیفہ جی کو میرا نام بھی لیتے جھر جھری آتی تھی۔ میں تھا ہی اتنا شیطان۔ میرے بالوں کو چھوتے ہوئے ان کے ساتھ کانپنے لگتے تھے۔

جلسے سے پہلے اتوار کو صبح سے ہی وارڈن صاحب بار بار مجھے آگاہ کر چکے تھے کہ اگر میں نے بال نہیں کٹوائے تو بہت سخت سزا ملے گی۔

وارڈن صاحب کی یہ بات مجھے سخت ناگوار گذر رہی تھی۔ کیونکہ میری خواہش تھی کہ اسٹیج پر میں اپنے بالوں کا شاندار تاج پہن کر جاؤں۔

وارڈن صاحب کے چنگل سے بچ نکلنا ناممکن ہو گیا اور مجھے سیدھا خلیفہ جی کے حوالے کر دیا گیا۔

جس کا خوف تھا وہ گھڑی آ گئی تھی۔ یہی وقت تھا فیصلہ کرنے کا۔ وارڈن صاحب کی دھمکیوں سے ڈر کر خود کو ان کے حوالہ کر دوں یا پھر بغاوت۔

اور بس مجھے شیطان نے ورغلا دیا اور میں نے بدلا لینے کی ٹھان لی۔ آج مجھے اپنا اگلا پچھلا سب حساب برابر کرنا تھا۔ میں نے شرافت سے خلیفہ جی کے سامنے اپنا سر پیش کر دیا اور سر پر استرا پھیرنے کی ہدایت کی۔

ظاہر ہے کہ خلیفہ جی نے میری بات پر ذرا سا بھی یقین نہیں کیا۔ لیکن میری ضد کے آگے آخرکار انہیں ہار ماننی ہی پڑی۔ خلیفہ جی نے سر پر پانی لگایا استرا اٹھانے سے پہلے ایک بار پھر مجھ سے پوچھا۔

"میاں، تو کیا تم سچ مچ گنجے ہونا چاہتے ہو؟"

خلیفہ جی کو یقین دلانے میں مجھے تقریباً دس منٹ لگے تھے۔ آخرکار کانپتے ہاتھوں سے انہوں نے استرا میرے سر پر پھیرنا شروع کر ہی دیا۔ کچھ ہی دیر میں میرے سر پر تین بار استرا پھیرا جا چکا تھا۔ اب میری چمکتی کھوپڑی پر بال کا نام ونشان تک نہ تھا۔ میں ننے اپنی بھنویں بھی کچھ چھٹوا دیں۔ پھر میں نے بڑی احتیاط سے سر پر تیل لگا کر خوب چمکایا۔ کمرے میں جا کر ایک نیکر پہنا، کندھے پر تولیہ ڈالا اور بڑی شان سے ہاسٹل سے باہر نکلا۔ میرے ساتھی ہنستے ہنستے پاگل ہوئے جا رہے

تھے۔ تالیاں بجاتے شور مچاتے ہوئے وہ بھی میرے پیچھے ہو لیے۔ ہڑ دنگوں کی اس ٹولی کے آگے آگے بدھ بھکشو جیسی شکل میں میں چل رہا تھا۔

وراڈن صاحب ایک کلاس سجانے میں مصروف تھے۔ ہمارا ہنستا غل مچاتا۔ یہ جرگہ جب وہاں سے گزرا تو وہ گھبرا کر جلدی سے باہر نکل آئے۔ مجھے اس حال میں دیکھ کر تو جیسے انہیں سکتہ سا ہو گیا۔ شاید انہیں اپنی آنکھوں پر یقین نہیں آ رہا تھا۔ انہوں نے مجھے کئی بار سر سے پاؤں تک دیکھا اور پھر وہی ہوا جس کی مجھے امید تھی۔

اس دن میری خوب دھنائی ہوئی۔۔۔ خیر آج مجھے لگتا ہے کہ شاید وہ ضروری بھی تھی۔

ظاہر ہے کہ ایسی شکل میں مجھے اسٹیج پر نہیں جانے دیا گیا مگر اس سے بھی بری بات یہ تھی کہ کئی مہینوں تک مجھے ایک بھکشو کی طرح رہنا پڑا اور یار دوستوں کی ٹول بازی کا نشانہ بننا پڑا۔ البتہ اس کے بعد سے کبھی کسی نے مجھ سے بال کٹوانے کے لئے نہیں کہا۔

اور آج تک اپنے بالوں کا میں خود ہی مالک ہوں۔

***

امدادِ باہمی

غلام حیدر

چوراہے پر لگی بتیوں پر جیسے ہی ہری بتی بجھی اور پیلی جلی، راکیش، احمد، موہن اور دیوان اپنے اپنے اخباروں کی گڈی سنبھال کر تیار ہو گئے اور پھر لال بتی جلتے ہی۔۔۔'ایوان نیوز'، 'ساندھیاٹائمس' چیختے چلاتے سڑک پر اتر آئے۔

بسوں، موٹروں، اسکوٹروں، کاروں کے اس چھتے میں کہیں جسم سمیٹ کر، کہیں گھس کر یا ادھر ادھر گھوم کر تیزی سے چکر لگانے اور ہر کار کے شیشے اور بس کی کھڑکی سے اپنا اخبار اندر بڑھانے کی انہیں پوری مہارت ہو گئی تھی۔ گاڑیوں کے چاروں طرف یہ ایسے گھومتے پھرتے تھے جیسے رنگ برنگی کیاریوں پر بھنورے منڈلا رہے ہوں۔

اور پھر ایک ڈیڑھ منٹ بعد جیسے ہی بتی ہری ہوئی یہ گاڑیوں کے بمپروں، اسکوٹر اور موٹر سائیکلوں کے پہیوں سے بچتے بچاتے ادھر ادھر کی پیڑیوں پر دوڑ پڑے اور اگلی لال بتی کا انتظار کرنے لگے۔

ایک اخبار کے پیسے لینے میں دیوان کو ذرا دیر ہوئی تو وہ گاڑیوں کے جال میں پھنس سا گیا۔ ایک پٹری سے راکیش اور موہن اور دوسری سے احمد گھبرا کر زور زور

سے چلائے، "دیوان، دیوان... دیکھ پیچھے بس ہے"... ارے وہ کنارے والی کار تیز ہو گئی ہے!" کئی گاڑیوں کے ہارن زور سے بجے... کچھ ڈرائیور زور زور سے بڑ بڑاتے، برا بھلا کہتے آگے بڑھ گئے۔ دیوان آخر کار سے تو بچ گیا مگر اونچی پٹری کے کنارے سے ٹکرا کر ایسے گرا کہ ایک ٹانگ میں، کہنیوں میں اور ٹھوڑی میں کافی چوٹ آئی۔

یہ چاروں لڑکے جو آشرم کے چوراہے پر شام کا اخبار بیچتے ہیں، ان میں موہن ایک دو سال بڑا بھی لگتا ہے اور اخبار بیچنے کے کام میں سب سے پرانا بھی ہے۔... روزانہ دو ڈھائی بجے ایک اخبار والا بہت سے اخباروں کی گڈیاں سائیکل پر رکھے لاتا ہے اور ان میں سے ہر ایک کو گن گن کر اخبار دے دیتا ہے۔... پھر رات کو آتا ہے اور ایک روپئے کے اخبار پر بارہ پیسے کے حساب سے انہیں دے کر بچے ہوئے اخبار اور پیسے گن کر لے جاتا ہے۔

ہر روز جیسے ہی اخبار آتے، سب سے پہلے موہن کسی ہندی اخبار سے موٹی موٹی خبریں پڑھ کر سب کو سنا دیتا۔... اس نے پانچویں کلاس تک پڑھا تھا، چھٹی کلاس کا امتحان نہیں دے سکا تھا۔... پھر احمد، جسے ٹوٹی پھوٹی انگریزی آتی ہے، ایوننگ نیوز اور 'مڈ ڈے' کی سب سے موٹی سرخی کی خبر کچھ اٹکل سے، یا کبھی کوئی تصویر دیکھ کر سب کو بتا دیتا اور پھر ان میں سے ہر ایک کوئی گرما گرم خبر چھانٹ لیتا اور "سڑک پر دن دہاڑے لوٹ لیا"، "بسوں کی ٹکر میں چار مرے"، "پردھان منتری کی کڑی چیتاونی" کی ہانکیں لگا لگا کر چار پانچ گھنٹے چوراہے پر ناچتا پھرتا۔ ہر شام ایسا ہی ہوتا تھا۔

شام کو جب انہیں پیسے ملتے، تو ان میں سے ہر ایک کچھ پیسوں کے چنے، مونگ پھلی، 'چنا جور گرم' یا 'مسالے والا پاپڑ' کھاتا ہوا اپنے گھر چلا جاتا۔ موہن، جسے یہ اپنا 'استاد' مانتے تھے اس نے انہیں اخبار بیچنے کے کچھ گھر بھی سکھا دیے تھے۔۔۔ جیسے بتی کا رنگ بدلنے کے کتنی دیر بعد یا کتنی دیر پہلے پٹری سے اترنا یا پٹری کی طرف پلٹنا چاہئے۔ بس میں بیٹھے ہوئے مسافر کو اس وقت تک اخبار نہیں دینا چاہئے، جب تک وہ نقد پیسے پہلے نہ دے دے، بچوں کو اخبار نہیں دینا چاہئے، اگر کسی اخبار کے پیسے نہ ملیں تب بھی کسی کار یا بس کے پیچھے زیادہ دوڑنا نہیں چاہئے۔۔۔ وغیرہ وغیرہ۔ اتنی احتیاطوں کے بعد بھی کبھی کبھی ایک آدھ اخبار کے پیسے ضرور مارے جاتے تھے۔۔۔ مگر اخبار والا تو رات کو اخبار گن کر اپنے پورے پیسے گنوا لیتا تھا۔ بارش کے دن ان بے چاروں کے اخبار کافی کم بکتے تھے۔

اس دن چوٹ لگنے کے بعد جب کئی دن تک دیوان اخبار بیچنے نہیں آیا تو ایک دن موہن نے کہا، "ارے کسی نے دیوان کا گھر دیکھا ہے؟"

"ہاں! میں نے دیکھا ہے۔!" احمد نے بتایا۔

"تو تو کل اس کا حال پوچھ کر آنا"۔

"اچھا ضرور۔۔۔!" احمد نے وعدہ کیا۔

اگلے دن احمد نے بتایا کہ دیوان کی کئی چوٹیں اب پکنے لگی ہیں اور ان کی ماں کے پاس بالکل پیسے نہیں ہیں۔ اس بات کو سن کر تینوں ساتھی آج کچھ چپ چپ اور اداس سے نظر آرہے تھے۔ اخبار آنے سے کچھ پہلے موہن نے ایک دم کہا۔

"سن احمد! اور راکیش تو بھی سن!"

دونوں نے اسے بڑے غور سے دیکھا۔

"ہم آج سے تین نہیں، چار لڑکوں کے اخبار لیں گے!"

"کیا مطلب۔۔۔؟" دونوں نے لگ بھگ ساتھ ہی کہا۔

"آج سے ہم دیوان کے حصے کے اخبار بھی بیچیں گے۔۔۔ تھوڑی بھاگ دوڑ ہی تو زیادہ کرنی ہوگی۔۔۔ اخبار والے سے کہہ دیں گے، اب وہ آٹھ بجے نہیں نو بجے پیسے لینے آیا کرے۔۔۔" موہن نے ایک ایک لفظ جما کر کہا، "اور تو احمد، اس کے حصے کے پیسے اس کے گھر دے کر آئے گا۔۔۔ جب تک وہ ٹھیک نہیں ہوتا۔۔۔ بولو منظور ہے؟"

"منظور ہے، منظور ہے!" دونوں نے پورے جوش سے کہا۔

اور پھر اگلے کافی دنوں تک تینوں دوست دیوان کے حصے کے اخبار بیچنے کے لئے خوب بھاگ دوڑ کرتے رہے۔ رات کو تینوں اپنے اپنے پیسے بغیر گنے ایک ساتھ جمع کر لیتے۔ انہیں چار برابر حصوں میں بانٹ لیا جاتا۔ اب انہوں نے مونگ پھلی یا 'مسالے والا پاپڑ' بھی کھانا بند کر دیا تھا۔ احمد دیوان کا حصہ اسی رات اس کے یہاں پہنچا دیتا۔۔۔ دیوان کی ماں نے جب پیسے لینے سے انکار کیا تو احمد نے کہہ دیا۔۔۔ "خالہ۔۔۔ تم اس وقت تو لے لو۔۔۔ بعد میں ہم دوست آپس میں حساب کر لیں گے"۔

دیوان کے ٹھیک ہو جانے کے بعد اب چاروں نے باقاعدہ ایک ٹولی بنالی ہے۔ اس کا نام انہوں نے "ایون نیوز ٹولی" رکھ لیا ہے۔ اب موہن ہی سارے اخبار لیتا ہے اور رات کو اخبار والے سے حساب کرتا ہے۔۔۔ پھر سارے پیسے برابر برابر

بانٹ لیے جاتے ہیں۔۔۔ مگر ان میں سے ایک روپیہ پہلے نکال لیا جاتا ہے۔ سڑک کے کنارے بیٹھا پاپڑ والا یا 'چناجور گرم' والا ان کا انتظار کرتا رہتا ہے۔۔۔ یہ کسی دن چار پاپڑ اور کسی دن چار پڑیا چناجور کی لے کر اس پر خوب مسالا ڈلوا کر 'سی سی' کی آوازوں کے ساتھ اسے کھاتے، آنسو پونچھتے اپنے اپنے گھر کی طرف چل دیتے ہیں۔

❊ ❊ ❊

ادھوری بات

حمیرا خاتون

"تم نے مطالعہ پاکستان کا سوال یاد کر لیا؟" یہ زینب تھی ہر ایک کی فکر میں لگی رہنے والی۔

"ہاں، یاد تو کیا ہے مگر کچھ کچا کچا ہے" صائمہ نے جواب دیا جو اب بھی کاپی کھولے بیٹھی تھی۔

"اور تم نے۔" زینب اب نصرت کی طرف مڑی جو بڑے آرام سے ایک بڑے اونچے پتھر پر بیٹھی چھوٹے چھوٹے کنکر اٹھا کر دور پھینک رہی تھی۔
"نہیں۔" وہ اسی طرح سکون سے اپنے مشغلے میں مصروف رہی۔
"کیا۔۔؟" زینب چلائی "تمہیں ان سے ڈر نہیں لگتا"۔ یہ فرح تھی جو ہر ٹیچر سے ہی ڈرا کرتی تھی۔

"ڈرنے کی کیا بات ہے۔۔۔ انسان ہی ہیں نا۔۔۔ کوئی جن تو نہیں ہیں کہ کھا جائیں گی۔" وہ اب جمع کیے ہوئے کنکروں سے کوئی نقشہ ترتیب دینے میں مصروف تھی۔

"مگر مجھے تو ان سے بہت ڈر لگتا ہے۔" فرح نے تصور میں انہیں دیکھ کر

جھر جھری لیتے ہوئے کہا۔

"اور مجھے بھی" یہ زینب تھی ہر کام وقت پر مکمل کرنے والی۔

"مجھے کسی بھی ٹیچر سے ڈر نہیں لگتا مگر مس شمیم۔۔۔اف جس وقت وہ گھورتی ہیں ناں سب یاد کیا ہوا بھول جاتی ہوں۔" زینب اپنی کیفیت بتا رہی تھی۔"اور انہیں بھی شوق ہے سننے کا۔" فرح نے کہا۔

"یہ نہیں کہ لکھوالیں بندہ سکون سے بیٹھ کر سوچ کر لکھ لے۔ نہیں، ان کے سامنے کھڑے ہو کر انہیں سناؤ۔" فرح بہت زیادہ ہی پریشان تھی کہ وہ اچھا خاصا یاد کر کے بھی سناتے وقت بھول جاتی تھی اور پھر سزا پاتی تھی۔

"اور کیا۔ اب مس شاہدہ بھی تو ہیں، آرام سے ٹیسٹ دے کر کرسی پر بیٹھ جاتی ہیں۔ جو چاہو لکھ دو، ڈر نہیں لگتا۔" صبا نے بھی گفتگو میں حصہ لینا ضروری سمجھا۔

"جی ہاں سب معلوم ہے کہ کیسے لکھتی ہیں۔ سب ایک دوسرے کی نقل کرتی ہیں اور کچھ تو اسی پیپر کے نیچے انگلش کی کاپی بھی رکھ لیتی ہیں۔" صائمہ نے جو مانیٹر بھی تھی، ہنس کر کہا اس کی نظر واقعی بہت تیز تھی۔

"یہ تو میرا شکریہ ادا کرو کہ میں مس کو کچھ نہیں کہتی ہوں۔" صائمہ کی بات پر سب مسکرا اٹھے۔ کنکروں سے کھیلتی نصرت ایک دم ہی اٹھی، ہاتھ ماتھے تک لے جا کر جھکتے ہوئے کہا "شکریہ آپ کا۔" صائمہ کے ساتھ ہی سب کے قہقہے فضا میں بکھر گئے۔ نصرت نے ایک زوردار ٹھوکر اپنے ترتیب دیئے ہوئے کنکروں کو ماری کنکر اڑ کر ادھر ادھر بکھر گئے اور وہ لمبے لمبے قدم رکھتی کلاس میں چلی گئی۔

"مجھے تو نصرت پر بہت حیرت ہوتی ہے۔ اسے کسی ٹیچر سے ڈر نہیں لگتا ہے حالانکہ اکثر یاد نہیں کرتی ہے اور کام بھی مکمل نہیں کرتی ہے اور پھر بھی آرام سے ہر ٹیچر سے بات کر لیتی ہے۔" فرح نے کہا۔

"اور بعض دفعہ تو اپنے ساتھ ساتھ پوری کلاس کو بچا لیتی ہے۔" صبا نے کہا۔

"نصرت کی تو کیا بات ہے؟" صائمہ مانیٹر ہونے کے باوجود اس کی صلاحیتوں کی مداح تھی۔ نصرت پڑھائی میں اتنی اچھی نہیں تھی مناسب نمبروں سے پاس ہوا کرتی تھی مگر وہ اسکول کی بہترین ایتھلیٹ تھی، پچھلے تین سال سے یہ ٹائیٹل وہ جیت رہی تھی۔ اس کی کوئی بہترین دوست نہیں تھی مگر پوری کلاس اس کی دوست تھی۔ وقت پڑنے پر وہ سب کی مدد کرتی تھی۔ کلاس کا ہر مسئلہ حل کرنے کے لیے تیار رہتی۔ اس کی سب سے اہم خصوصیت اس کی حاضر جوابی تھی اور پھر اس پر اس کی معصومیت۔ ایسے ایسے بہانے ایجاد کرتی اور اس معصومیت سے بیان کرتی کہ ٹیچرز کو اسے معاف کرنا ہی پڑتا۔

کلاس کی اکثر لڑکیاں اس کی مداح تھیں اور نصرت بڑے پن سے ان کی باتوں پر مسکرا دیتی تھی۔ مس شمیم کے پیریڈ کی گھنٹی بجتے ہی سب الرٹ ہو گئیں۔ مس شمیم سینئر ٹیچر تھیں اور صرف نہم و دہم کو پڑھایا کرتی تھیں۔ یہ طالبات پہلی مرتبہ ان سے پڑھ رہی تھیں۔ ان کا طریقہ کار سب سے مختلف تھا۔ وہ یاد کر کے لکھوانے کے بجائے سننے پر یقین رکھتی تھیں اور سنتی بھی اس طرح تھیں کہ ایک ہی سوال ایک طالبہ شروع کرتی درمیان سے دوسری طالبہ سے سننا شروع کر دیتیں اور پھر اسے روک کر تیسری طالبہ سے کہتیں کہ اس کے بعد سے سنانا شروع کرے اس

طرح ایک ہی سوال کئی طالبات مکمل کرتی تھیں اور کسی کو علم نہیں ہوتا تھا کہ مس کہاں سے سنیں گی لہذا مکمل اور پکا یاد کرنا پڑتا تھا۔ یاد نہ کرنے پر وہ صرف ایک سزا دیا کرتی تھیں۔ 10 ڈنڈے! وہ کبھی بھی اسکیل استعمال نہیں کرتی تھیں۔ صرف ڈنڈا اور مارتی بھی عام طریقے سے نہیں تھیں۔ پہلے بازو سے سر سے اوپر تک لے جاتی تھیں اور پھر پوری طاقت سے مارتی تھیں۔ یہی وجہ تھی کہ ان کی مار کے نشانات چھٹی تک ہتھیلیوں پر اسی طرح نقش رہتے تھے۔ بہت دیر کی مالش کے بعد کہیں جا کر ہتھیلیوں میں خون کی روانی بحال ہوتی تھی اسی لیے تمام طالبات ان کی مار سے بہت ڈرا کرتی تھیں۔

مس شمیم نے آتے ہی پوری کلاس کا جائزہ لیا۔ بلیک بورڈ پر مانیٹر صائمہ پہلے ہی آج کا سوال لکھ چکی تھیں۔ سب طالبات منتظر تھیں کہ دیکھیں پہلے کس کی باری آتی ہے۔ مس کی نظر نصرت پر جا کر رک گئی جو بجائے دہرانے کے پنسل سے کھیل رہی تھی۔

"نصرت آپ اپنی کاپی لے کر آیئے۔" مس نے کرسی پر بیٹھتے ہوئے کہا۔

نصرت آرام سے اٹھی۔ کاپی لا کر مس کے ہاتھ میں دے دی اور کرسی کے برابر کھڑی ہو گئی۔ کاپی بند تھی۔ مس نے کھول کر سوال نکالا اور کاپی کور میں رکھی دی "جی شروع کیجیے۔"

مس نے نصرت کی طرف دیکھا۔ نصرت نے مس کی طرف دیکھا۔

"مس، میں نے یاد نہیں کیا۔" نصرت کی آواز دھیمی تھی۔

"کیوں۔" مس نے پوچھا۔

"مس ہمارے دادا کا انتقال ہو گیا تھا۔"

نصرت کی بات کر سب لڑکیاں حیران رہ گئیں۔ اس نے کلاس میں یہ بات کسی کو بھی نہیں بتائی تھی۔ "شاید پچھلے ہفتے بھی آپ کے دادا کا انتقال ہوا تھا جس دن ٹیسٹ تھا۔" مس نے اسے کچھ یاد دلانے کی کوشش کی۔

"جی مس۔ وہ دادا کے چھوٹے بھائی تھے" نصرت اسی طرح مؤدب کھڑی تھی۔

"کب ہوا انتقال؟" مس پوری تفصیل جاننا چاہتی تھی کیونکہ نصرت تو کل اسکول میں حاضر تھی۔

"مس پچھلے سال چار ستمبر کو" نصرت بغیر ہچکچاتے ہوئے جواب دے رہی تھی۔ "پچھلے سال انتقال ہوا تھا اور آپ کو کل یاد آیا۔" مس نے طنزیہ کہا۔ "جی مس، کل ان کی برسی تھی تو۔۔۔" نصرت کو بات ٹکڑوں میں کرنے کی عادت تھی۔

"نصرت، آپ کو پتہ ہے ناں کہ مجھے جھوٹ سے شدید نفرت ہے۔" مس غصے کی وجہ سے کھڑی ہو گئیں۔

"ابھی آپ نے کہا کہ کل انتقال ہوا تھا اور اب کہہ رہی ہیں کہ کل برسی تھی اور پھر کہیں گی۔۔۔ اور کیا تھا۔" مس کا غصہ تیز ہوتا جا رہا تھا" مس، کل قرآن خوانی تھی۔" نصرت کا انداز اب بھی پرسکون تھا۔

"پہلے آپ طے کر لیجیے کہ کل کیا تھا، انتقال، برسی یا قرآن خوانی۔" مس نے غصے سے ایک تیز نظر نصرت پر ڈالی جو سر اور نظر جھکائے خاموش کھڑی تھی۔ اس نے ایک مرتبہ بھی مس سے نظر نہیں ملائی تھی۔

"مس میری پوری بات سن لیں۔" نصرت نے آہستہ سے کہا۔

"مجھے کچھ نہیں سننا، نکل جائیں آپ کلاس سے اور آئندہ میری کلاس میں تشریف مت لایئے گا۔" ساری کلاس خاموش تھی۔ کلاس میں گہرا سناٹا طاری تھا۔ نصرت خاموش کھڑی رہی۔

"سنا نہیں آپ نے، میں نے کیا کہا۔" مس چیخیں۔

"آئی ایم سوری مس۔" نصرت نے آہستہ سے کہا۔

"جایئے باہر۔" مس نے باہر کی طرف دیکھا۔ نصرت نے مس کی طرف دیکھا۔ مس کے چہرے پر سختی چھائی ہوئی رہی۔ وہ ڈھیلے ڈھیلے قدموں سے باہر نکل گئی۔ پھر مس نے بھی بجائے سننے کے پہلی مرتبہ ٹیسٹ لکھنے کے لیے دے دیا۔ جب وہ کلاس سے باہر نکلیں تو نصرت باہر موجود نہیں تھی۔ مس کے جانے کے بعد وہ کینٹین سے نکلی اور بھاگتی ہوئی کلاس میں داخل ہوگئی۔ سب لڑکیاں اس کے اردگرد جمع ہوگئیں اور طرح طرح کے سوالات کرنے لگیں۔ "ارے بیوقوفو، یہ سچ ہے کہ میرے دادا کا پچھلے سال انتقال ہوا تھا کل ان کی برسی تھی تو ہمارے گھر قرآن خوانی تھی۔ سب مہمان آئے ہوئے تھے تو میں سوال کیسے یاد کرسکتی تھی" نصرت نے سر کھجاتے ہوئے آرام سے بتایا۔

"تو کیا یہ بات تم مس کو ایک ہی مرتبہ آرام سے نہیں بتا سکتی تھیں۔" صائمہ نے اسے ڈانٹا۔

"بتا تو رہی تھی مگر مس نے کون سی سنی۔" دوسری ٹیچر کے آنے پر بات ختم ہوگئی۔ دوسرے دن جب مس شمیم کا پیریڈ شروع ہوا تو نصرت غیر حاضر تھی۔

تیسرے دن بھی وہ غیر حاضر تھی اور چوتھے دن بھی جب اسے غیر حاضر پایا تو مس شمیم سے رہا نہیں گیا۔ انہوں نے پوچھ ہی لیا کہ نصرت کیوں غیر حاضر ہے۔

"مس وہ غیر حاضر نہیں ہے بس آپ کے پیریڈ میں نہیں آتی ہے۔" صائمہ نے اٹھ کر جواب دیا۔

"کہاں ہے وہ۔۔۔۔۔ جایئے انہیں بلا کر لایئے۔" مس نے غصے سے کہا۔

"مس آپ ہی نے تو کہا تھا کہ آئندہ میری کلاس میں مت آنا۔ نصرت اتنی معصومیت سے کہہ رہی تھی کہ مس کو بے اختیار ہنسی آگئی۔ غصے میں کہی جانے والی بات پر عمل نہیں کرتے ہیں۔" مس نے مسکرا کر کہا۔ وقت گزرنے کے ساتھ مس کا غصہ ختم ہو چکا تھا۔

"مس، نصرت اس دن آپ کو صرف یہ بتانا چاہتی تھی کہ پچھلے سال اس کے دادا کے انتقال کے بعد اس دن اس کے گھر ان کی پہلی برسی تھی تو اس کے گھر قرآن خوانی رکھی گئی تھی اس لیے یہ یاد نہیں کر سکی تھی۔" صائمہ نے مانیٹر ہونے کا فرض ادا کرتے ہوئے بات صاف کی۔

"تو یہ بات آپ مجھے طریقے سے بھی بتا سکتی تھیں۔" مس نے نصرت سے کہا۔

"مس، میں نے کوشش تو کی تھی مگر طریقہ نہیں آیا، آئی ایم سوری مس۔" نصرت نے فوراً کہا۔

"رکیئے! آئندہ خیال رکھیے گا۔ سچ بات بھی اگر مکمل طریقے سے نہیں کہی جائے تو جھوٹ لگتی ہے، جایئے بیٹھیے۔" مس نے کہا۔

"شکریہ مس۔" نصرت نے مسکرا کر کہا۔ مس بلیک بورڈ کی طرف مڑیں تو

نصرت نے پوری کلاس کی طرف مڑ کر اپنی مٹھی بند کر کے انگوٹھا کھڑا کیا اور زیر لب کہا۔

"زبردست۔" اور سب مسکرا اٹھیں۔

٭٭٭

شہزادے کا عکس

حمیرا خاتون

یونان کی لوک کہانی

شہزادے نے جھک کر پانی میں ہاتھ ڈالنے کی کوشش کی۔

بہت عرصے پہلے کی بات ہے کہ ایک بادشاہ تھا۔ وہ بادشاہ ملک یونان پر حکومت کرتا تھا۔ بچو! آپ کو پتہ ہے کہ یونان کا ملک حسن، خوب صورتی اور دیومالائی داستانوں کے لیے بہت مشہور ہے۔ آج ہم آپ کو یونان کی ایک ایسی ہی خوبصورت اور قدیم داستان سنا رہے ہیں۔ اس بادشاہ کے گھر کوئی اولاد نہ تھی۔ بادشاہ بہت پریشان رہتا تھا۔ بہت دعائیں کرتا تھا۔ پھر ایک دن اللہ تعالیٰ نے بادشاہ کی دعا سن لی اور اسے ایک خوبصورت شہزادہ عطا کیا۔ بادشاہ بے حد خوش ہوا۔ اس نے پورے ملک میں تین دن تک خوب جشن منایا۔ لوگوں میں تحائف تقسیم کیے اور کھانا کھلایا۔ بچو! ننھا شہزادہ بہت ہی خوبصورت تھا۔ گلابی گلابی چہرہ، سنہری ریشم کی طرح بال، کھڑی ناک اور گہری سیاہ روشن چمک دار آنکھیں، خوب صورت دل موہ لینے والی مسکراہٹ جو بھی دیکھتا وہ شہزادہ کو پیار کیے بغیر نہیں رہتا۔ شہزادہ بہت عیش اور ناز و نعم سے پالا گیا۔ جب وہ تھوڑا سا بڑا ہوا تو بادشاہ نے اس کے لیے استاد

مقرر کر دیئے۔ یہ شہزادے کو ابتدائی عمر ہی سے تعلیم و تربیت سکھانے لگے۔ شہزادہ بہت ذہین تھا۔ جلد ہی سب کچھ سیکھنے لگا۔ اسی طرح شہزادہ بڑا ہوتا گیا۔ شہزادہ جہاں جاتا تھا سب لوگ اس کے حسن اور خوبصورتی کی تعریف کرتے اور اسے دیکھنے کے لیے رش لگ جاتا۔ شہزادہ بہت خوبصورت تھا۔ سب کی باتیں سن کر شہزادہ کا دل چاہتا تھا کہ وہ اپنی صورت دیکھے کہ وہ کتنا خوبصورت اور حسین ہے کہ اسے سب پسند کرتے ہیں اور تعریف کرتے ہیں۔

پیارے بچو! یہ اس زمانے کی بات ہے جب آئینہ ایجاد نہیں ہوا تھا بلکہ اور بھی بہت ساری سائنس کی چیزیں ایجاد نہیں ہوئی تھیں۔ لوگ بہت سادہ اور آسان زندگی گزارتے تھے۔ شہزادے کی یہ خواہش بڑھتی گئی کہ وہ کسی طرح اپنی شکل دیکھے مگر وہ دیکھتا کس طرح؟ اسے کوئی طریقہ ہی سمجھ نہیں آتا تھا۔ جب کوئی طریقہ سمجھ نہیں آیا تو شہزادہ افسردہ ہو گیا۔ اب شہزادہ اداس رہنے لگا۔ سب نے بہت کوشش کی مگر شہزادے کے دوستوں نے شکار کا پروگرام بنایا اور شہزادہ کو زبردستی جنگل میں لے گئے تاکہ شہزادے کا دل بہل سکے۔

بچو! جنگل بہت بڑا ہوتا ہے۔ اس میں بہت سارے بڑے بڑے گھنے درخت ہوتے ہیں اور بہت سارے جانور بھی جنگل میں پائے جاتے ہیں۔ یہ جنگل بھی بہت بڑا اور گھنا تھا۔ بہت سارے گھنے اور سبز درخت تھے۔ بیلیں لگی تھیں، جن پر خوبصورت پھول لگے تھے۔ گھنی گھاس تھی۔ شہزادے کے دوست اسے لے کر بہت دور دور تک جنگل میں گھومے۔ ہرن، تیتر اور خرگوش شکار کیے۔ وہ لوگ اب بہت تھک گئے تھے چنانچہ طے پایا کہ کہیں رک کر خیمہ لگایا جائے اور گوشت بھنا

جائے۔ ایک وزیر نے بتایا جنگل کے مشرقی سمت ایک خوبصورت جھیل ہے جس کے گرد خوبصورت پھولوں کی بیلیں اور گھاس اگی ہے۔ وہ جگہ کیمپ کے لیے مناسب رہے گی۔ چنانچہ سب مشرق کی سمت چل پڑے۔ وہاں واقعی میں ایک بہت بڑی شفاف جھیل تھی جس کے کنارے بہت سارے خوبصورت پھولوں کے پودے تھے۔ جگہ جگہ گھنے درخت تھے جن کے سایے سے زمین ڈھکی ہوئی تھی۔ سب نے وہیں رکنے کا فیصلہ کیا۔ وہ سب گھوڑوں سے اتر گئے اور خیمہ لگا لیا۔ شہزادہ بہت تھک گیا تھا۔ وہ گھوڑے سے اتر کر جھیل کی طرف بڑھ گیا تا کہ ہاتھ منہ دھو کر تازہ دم ہو کر خیمہ میں آ کر آرام کر سکے۔ جھیل کا پانی ساکت اور شفاف تھا۔ جیسے ہی شہزادے نے جھک کر پانی میں ہاتھ ڈالنے کی کوشش کی۔ وہ ایک دم ٹھٹھک گیا۔ جھیل کے شفاف اور ساکت پانی میں شہزادہ کا عکس نظر آ رہا تھا۔ عکس شبیہہ کو کہتے ہیں یعنی نقلی شکل جس کو ہم چھو نہ سکیں مگر وہ اصل کی طرح ہی ہوتی ہے۔ شہزادہ حیران ہو کر پانی میں دیکھنے لگا۔ پانی میں سنہرے ریشمی بالوں، گہری سیاہ چمک دار آنکھیں اور دل موہ لینے والی مسکراہٹ کے ساتھ ایک خوبصورت شکل نظر آ رہی تھی۔ شہزادہ مبہوت ہو کر اپنی شکل دیکھتا رہا پھر اس نے آہستہ سے ہاتھ اٹھا کر اپنے چہرے کو چھوا، پانی میں موجود عکس میں بھی حرکت ہوئی۔ اب شہزادے نے آنکھیں جھپکیں۔ شہزادہ مسکرایا عکس بھی مسکرایا۔ شہزادہ حیران ہو گیا۔ 'کیا یہ واقعی میں ہوں؟' شہزادے نے بہت لوگوں کو دیکھا تھا مگر پانی میں نظر آنے والا عکس اتنا خوبصورت تھا کہ شہزادے کو اس بات پر یقین آ گیا کہ لوگ اس کی خوبصورت تھا کہ شہزادے کو اس بات پر یقین آ گیا کہ لوگ اس کی خوبصورتی اور حسن کے بارے

میں جو کہتے ہیں وہ غلط نہیں۔ جب وہ خود اپنا عکس دیکھ کر مبہوت ہو گیا تو دوسرے کیوں نہیں ہوں گے۔ آج شہزادے کی برسوں کی چھپی دلی آرزو پوری ہوئی تھی۔ شہزادے نے وہیں ٹھہرنے کا فیصلہ کر لیا۔ سب نے اسے بہت سمجھایا مگر شہزادے نے واپس جانے سے انکار کر دیا۔ اب شہزادہ وہیں رہنے لگا۔ اس کے لیے وہیں بادشاہ نے ایک گھر بنا دیا۔ مگر شہزادہ سارا وقت جھیل کے کنارے بیٹھا رہتا اور اپنا عکس دیکھ کر خوش ہوتا رہتا۔ بادشاہ نے اور سب لوگوں نے شہزادے کو سمجھایا کہ وہ دنیا کے اور کاموں میں حصہ لے اور محل واپس چلے مگر شہزادہ نے کسی کی بات نہ مانی۔ بادشاہ شہزادے کی یہ محویت دیکھ کر بہت افسوس کرتا مگر شہزادہ اپنے حال میں مگن رہتا۔ محل میں رہنے والا اتنے عیش میں پلنے والا شہزادہ کہاں جنگل کے موسم کی سختی برداشت کر سکتا تھا۔ جب کہ وہ گھنٹوں جھیل کے کنارے بیٹھا رہتا وہیں کھاتا۔ وہیں سوتا۔ آخر شہزادے کی صحت خراب ہو گئی۔ بہت علاج کروایا مگر وہ جانبر نہ ہو سکا اور ایک دن شہزادہ مر گیا۔ مرنے سے پہلے اس نے وصیت کی کہ اسے جھیل کے کنارے ہی دفن کیا جائے۔ بادشاہ نے اس کی وصیت پوری کر دی۔ کچھ عرصے بعد جھیل کے کنارے پانی میں ایک پودا نکلا۔ یہ اسی جگہ سے پیدا ہوا تھا جہاں شہزادے کو دفنایا گیا تھا۔ پودا بڑا ہو گیا تو اس میں ایک انتہائی خوبصورت پھول نکلا۔ پھول اس قدر خوبصورت تھا کہ جو دیکھتا مبہوت ہو جاتا۔ مگر حیرت کی بات یہ تھی کہ پھول کی تمام پتیوں کا رخ پانی کی طرف تھا لوگوں نے اس خوبصورت پھول کو توڑ کر دوسری جگہ لگانے کی کوشش کی مگر وہ مرجھا گیا۔ یونان کے لوگ کہتے ہیں کہ اصل شہزادہ جھیل کے پاس رہنا پسند کرتا تھا اس طرح یہ پھول بھی

خوبصورت جھیل کے پانی میں ہی رہتا تھا اور شہزادے ہی کی طرح پانی میں اپنا عکس دیکھتا رہتا ہے۔ بچو! کبھی تم کلری جھیل کی طرف جاؤ تو بہت آگے جا کر دیکھنا تمہیں بہت سارے خوبصورت پھول نظر آئیں گے جو پانی کی طرف اپنی پتیاں جھکائے رکھتے ہیں۔ یہی وہ پھول ہیں جسے یونان کے لوگ شہزادے کی روح اور ہم لوگ کنول کا پھول کہتے ہیں۔

***

آؤ کٹھل کھائیں
عشرت رحمانی

بنگال کا ایک خاص پھل کٹھل ہے۔ یہ اتنا بڑا ہوتا ہے کہ کوئی پھل تو کیا سبزی کی کوئی چیز بھی اس کا مقابلہ نہیں کرتی۔ ایک کٹھل کم سے کم دس بارہ سیر کا ہوتا ہے۔ کھانے میں بے حد میٹھا اور ذائقہ دار ہوتا ہے۔ لیکن اس کا شیرہ بہت لیس دار ہوتا ہے۔ عام طور پر اسے کھانے کے لئے ایک خاص ترکیب کرنی پڑتی ہے۔ ہاتھوں اور مونہہ اور ہونٹوں پر ناریل کا تیل مل لیا جاتا ہے اس سے ہاتھ اور مونہہ چپکنے سے بچ جاتے ہیں۔ ورنہ اس کے لیس سے نجاب ملنا مشکل ہوتا ہے۔

بنگلہ زبان کی ایک دلچسپ کہانی اس پھل کے بارے میں مشہور ہے۔ کہتے ہیں ایک مرتبہ ایک پٹھان بھائی اپنا کابلی میوہ بیچتے بیچتے بنگال کے کسی شہر میں جا نکلے۔ وہ بازار سے گزر رہے تھے کہ راستے میں انہیں ایک شخص کٹھل بیچتا ملا۔ خان صاحب نے جو ایسی بھاری بھرکم چیز دیکھی تو پوچھا کہ اس کا کیا کرتے ہیں؟ انہیں بتایا گیا، "یہ ایک مزے دار پھل ہے۔ اسے کھاتے ہیں۔" قیمت پوچھی تو معلوم ہوا۔ "پانچ روپئے۔"

خان صاحب بہت خوش ہوئے کہ ایسی عمدہ اور بھاری کھانے کی چیز پانچ روپئے

کی مل رہی ہے۔ پیٹ بھر کر مزے سے کھائیں گے۔ پھر بھی بچ رہے گی۔ انہوں نے جلدی سے پانچ روپئے دیئے اور کٹھل اٹھا کر کندھے پر رکھ لیا۔ چلتے چلتے وہ سڑک کے کنارے ایک جگہ بیٹھ گئے اور اپنا چمکدار لمبا، تیز دھار چاقو نکال کر کٹھل کے ٹکڑے کر کے کھانے لگے۔ وہ تو تھا ہی میٹھا۔ خان صاحب بہت خوش ہوئے۔ جی بھر کے کھایا اور جو بچ رہا اسے رومال میں باندھ کر چلنے کا ارادہ کیا۔ مگر کٹھل کھانے کی ترکیب تو خان صاحب کو کسی نے بتائی نہ تھی۔ ان کے ہاتھ مونہہ اور اڑھی چپک کر رہ گئی۔ انہوں نے ایک نل پر جا کر اپنے ہاتھ اور مونہہ کو دھویا۔ لیکن کٹھل کے لیس کی خصوصیت یہ بھی ہے کہ وہ پانی سے اور زیادہ چپکتا ہے۔ خان صاحب جتنا ہاتھوں اور مونہہ کو دھوتے تھے اتنا ہی اس کے لیس میں چپکتے تھے۔ دیر تک رگڑ رگڑ کر دھونے کے باوجود لیس سے چھٹکارا نہیں ہوا۔

اب تو خان صاحب سخت پریشان ہوئے۔ راستے سے جو بھی راہ گیر گزرا اس سے پوچھنے لگے۔ "بھائی۔" بتاؤ میں اپنا مونہہ اور ہاتھ کیسے صاف کروں۔ کسی نے کہا۔ "صابن سے دھولو۔ کسی نے کچھ، کسی نے کچھ۔ دراصل ہر ایک کو خان صاحب کا یہ حال یہ دیکھ کر دل لگی سوجھنے لگی تھی اور جس جس نے جو ترکیب بتائی وہ ایسی تھی جس سے لیس صاف ہونے کی بجائے ہاتھ اور مونہہ زیادہ ہی چپکتے تھے۔

ہوتے ہوتے خان صاحب بے چارے کا یہ حال ہوا ہونٹ چپک کر جیسے سل ہو گئے۔ بات کرنی دشوار ہو گیا۔

اور مونچھوں کے بال ایسے چپکے تھے کہ اکڑ کر رہ گئے اور چہرہ جکڑنے سے بے چارے کو سخت تکلیف ہونے لگی۔

خان صاحب اسی حالت میں لوگوں کو اپنا چہرہ دکھاتے اور اشارے سے پوچھتے پھرتے تھے کہ اس مصیبت سے کیسے چھٹکارا پائیں۔

آخر ایک شخص نے ان کو بتایا کہ اس کا آسان علاج یہ ہے کہ آپ اپنی داڑھی منڈوائیں۔۔۔ خان صاحب نے ایک نائی کے پاس جاکر داڑھی مونچھیں صاف کرائیں اور اس نائی نے ناریل کے تیل سے ان کے ہاتھوں اور مونہہ کو صاف بھی کر دیا۔ پھر اس نے خان صاحب کو کٹھل کھانے کی ترکیب بھی سمجھا دی۔ وہ خوش خوش وہاں سے چل دیئے۔ کچھ دیر بعد انہوں نے اپنا بچا ہوا کٹھل کھا کر پیسے وصول ہونے پر خدا کا شکر ادا کیا۔

اس کے بعد جب بھی خان صاحب کو ان کے علاقے کا کوئی شخص ملتا اور وہ اس کی داڑھی منڈی ہوئی دیکھتے تو فوراً اسے گلے لگا کر ہنستے ہوئے کہتے۔ "ہم سمجھ گئے۔۔۔ تم نے کٹھل کھایا ہے۔"

وہ شخص حیران ہو کر ان سے کٹھل کا ماجرا دریافت کرتا۔ پھر وہ اسے اپنی ساری کہانی سناتے اور بازار لے جاکر کٹھل خریدوا کر نائی کی بتائی ہوئی ترکیب سے کٹھل کھا کر خوش ہوتے۔

***

قلعی کھل گئی

عشرت رحمانی

اٹلی میں ایک بادشاہ حکومت کرتا تھا۔ اس کی رعایا اسے ناپسند کرتی تھی مگر کچھ لوگ ایسے بھی جو اس کی بہت تعریف کرتے تھے۔ اس بادشاہ کا ایک خوشامدی وزیر تھا۔ وہ دن رات بادشاہ کی جھوٹی تعریفیں کرتا۔ بادشاہ کا حکم تھا کہ اسے رعایا کا حال سچ سچ بتایا جائے کہ کون کس حالت میں ہے اور میرے بارے میں لوگ کیا کہتے ہیں۔ اس طرح میں ان کی رائے اور سب کے حالات صحیح طور پر معلوم کر سکوں گا۔ اس کے جواب میں دوسرے وزیر تو خاموش رہتے، مگر تعریف کرنے والا وزیر فوراً کہتا، حضور کی نیکی اور انصاف کے چرچے سارے ملک بلکہ دنیا بھر میں ہوتے ہیں۔ بھلا وہ کون بے وقوف آدمی ہو گا جو حضور کے انتظام سے خوش نہ ہو ہمارے ملک کی رعایا تو بے حد آرام اور چین سے ہے۔

بادشاہ کو اس کی باتیں سنتے سنتے شک ہونے لگا کہ ہو سکتا ہے کہ یہ خوشامدی مجھ سے سچی اور صاف باتیں نہیں کرتا اور اس کے دھوکے میں اپنی رعایا کے اصل حال سے بے خبر رہوں۔ یہ سوچ کر اس نے ارادہ کیا کہ اس وزیر کو کسی طرح آزمانا چاہیے۔ پہلے تو وہ اسے باتوں باتوں میں سمجھاتا رہا کہ دیکھو دنیا میں کوئی ملک ایسا نہیں

ہوتا جس کے سارے لوگ اپنے بادشاہ سے خوش ہوں اور کوئی بادشاہ ایسا نہیں ہو سکتا ہے کہ جو کسی معاملے میں بے جا فیصلہ نہ کر بیٹھے، جس سے کسی کو تکلیف پہنچے۔ وزیر کو چاہئے کہ اس کے سامنے سچ بولے اور حق بات کہے۔ میں چاہتا ہوں کہ تم نڈر ہو کر میرے سامنے رعایا کا حال، ان کے خیالات اور میرے انتظام کی صحیح حالت مجھے بتا دیا کرو تاکہ میں سب لوگوں کی اچھی طرح دیکھ بھال کر سکوں، لیکن وزیر اپنی خوشامد کی عادت سے باز نہ آیا اور اسی طرح جھوٹی سچی باتیں بنا کر تعریفیں کرتا رہا۔ آخر بادشاہ نے تنگ آکر اس کی آزمائش کے لئے اس سے کہا ہم تمہارے کام اور تمہاری باتوں سے بہت خوش ہیں اور اس صلے میں تمہیں بہت بڑا انعام دینا چاہتے ہیں۔ یہ انعام ایک دن کی بادشاہت ہے۔ کل تم بادشاہ بنو گے اور دربار میں سب امیروں، وزیروں اور رعایا کے اعلیٰ و ادنیٰ لوگوں کو جمع کر کے تمہاری دن بھر کی بادشاہت کا ہم اعلان کریں گے۔

وزیر یہ سن کر بہت خوش ہوا۔ دوسرے دن شاہی دربار میں مہمان آنا شروع ہوئے۔ ہر طبقے کے لوگوں کو دعوت دی گئی تھی اور ان کے سامنے وزیر کو بادشاہ نے اپنا تاج پہنا کر اپنے تخت پر بٹھا دیا اور اعلان کیا کہ آج کے دن ہم بادشاہ نہیں۔ آپ لوگوں کا یہ بادشاہ ہے۔ اس کے بعد سب لوگ کھانے پینے میں مصروف ہو گئے۔ خوشامدی وزیر بادشاہ بنا، بڑی شان سے تخت پر بیٹھا، نئے نئے حکم چلا رہا تھا اور خوشی سے پھولے نہیں سما رہا تھا۔

اصلی بادشاہ ایک دن کے نقلی بادشاہ کے پاس چپ چاپ بیٹھا تھا۔ اتنے میں ایک دن کے بادشاہ کی نظر جو اچانک اٹھی تو وہ ایک دم خوف سے کانپنے لگا۔ اصلی

بادشاہ اس کی یہ حالت دیکھ کر مسکراتا رہا۔ قصہ یہ تھا کہ نقلی بادشاہ نے دیکھا کہ شاہی تخت کے اوپر اس جگہ جہاں وہ بیٹھا تھا سر پر ایک چمک دار خنجر لٹک رہا تھا جو بال جیسی باریک ڈوری سے بندھا ہوا تھا۔ اسے دیکھ کر نقلی بادشاہ کا ڈر کے مارے برا حال ہو گیا کہ کہیں یہ بال ٹوٹ نہ جائے اور خنجر اس کے اوپر نہ آپڑے۔ اس نے ضبط کر کے بہت سنبھلنے کی کوشش کی، مگر اس سے خوف کی وجہ سے سیدھا نہ بیٹھا گیا۔

آخر مجبور ہو کر اصلی بادشاہ سے کہنے لگا: "حضور! یہ خنجر میرے سر پر سے ہٹوا دیا جائے۔ اصلی بادشاہ نے مسکرا کر کہا: "یہ کیسے ہٹا جا سکتا ہے۔ یہ تو ہر بادشاہ کے سر پر ہر وقت لٹکا رہتا ہے۔ اسے فرض کا خنجر کہتے ہیں۔ اگر کوئی بادشاہ اپنے فرض سے ذرا غافل ہوتا ہے تو یہی خنجر اس کے سر کی خبر لیتا ہے، لیکن جو بادشاہ انصاف اور سچائی سے حکومت کرتا ہے یہ خنجر اس کی حفاظت کرتا ہے۔"

اب تو وزیر کی بہت بری حالت ہو گئی اور وہ پریشان ہو کر سوچنے لگا کہ اب کیا کرے، کیا نہ کرے۔ اس کے دل میں خیال آرہا تھا کہ ایک دن کی بادشاہت میں وہ ایسے ایسے حکم چلائے جس سے اس کے خاندان والوں، عزیزوں اور دوستوں کو خوب فائدے پہنچیں، مگر اب تو اس کے سارے منصوبے خاک میں ملتے نظر آ رہے تھے۔ اس نے سوچا اگر کوئی حکم اس نے انصاف کے خلاف دیا تو یہ خنجر اس کی گردن اڑا دے گا۔ اصلی بادشاہ اس کی گھبراہٹ دیکھ کر کہنے لگا، اب تمہاری سمجھ میں آیا کہ بادشاہ کی ذمہ داریاں کیا ہیں اور اس کی جان کو کیا کیا عذاب جھیلنے پڑتے ہیں۔ یہ تخت آرام اور من مانی کے لیے نہیں ہے۔ رعایا کا حال اور ملکی انتظام کے

بارے میں صحیح صحیح حالات بتاؤ۔ خوشامدی وزیر اپنے بادشاہ کی جھوٹی تعریف کر کے ملک، بادشاہ اور رعایا کی بھلائی نہیں کرتے اور خود اپنے بھی خیر خواہ نہیں ہوتے۔ بلکہ وہ اپنے بادشاہ کو اس چمک دار خنجر کی زد میں لاتے ہیں جو اس کے سر پر لٹک رہا ہے۔ وزیر اپنے بادشاہ کی یہ باتیں سن کر بہت شرمندہ ہوا اور جھوٹی خوشامد سے باز رہنے کی توبہ کر کے بادشاہ سے دست بردار ہو گیا۔

※ ※ ※

بولتا درخت

جلیل قدوائی

ٹن۔ ٹن۔ ٹن۔ ٹن۔۔۔ ٹن ٹن

اسکول میں چھٹی کا گھنٹہ بجا۔ استادوں نے اپنی اپنی جماعت کے بچوں کو قطار میں کھڑے ہونے کا حکم دیا۔ بچوں نے گھنٹہ کی آواز کے ساتھ ساتھ استادوں کے حکم کو انتہائی خوشی سے سنا اور جھٹ پٹ منے منے ہاتھوں اپنے اپنے بستے گلے میں لٹکا کر لائنوں میں جا لگے۔ قومی ترانہ گایا گیا اور بچے پرنسپل کو خدا حافظ کہہ کر قطار در قطار اسکول سے باہر نکلنے لگے۔

پھاٹک سے باہر کچھ ٹھیلے والے کھڑے "آلو چھولے کی چاٹ۔ دہی بڑے۔ مونگ پھلی۔ امرود کے کچالو۔ فالسے" کی آوازیں لگا رہے ہیں۔ بچے ان کے ٹھیلوں پر ٹوٹ پڑے۔ ننھا بختیار بھی ایک ہاتھ سے اپنا بستہ، دوسرے سے نیکر سنبھالے ایک ٹھیلے کے پاس رک گیا۔ جیب سے اکنی نکالی اور ٹھیلے والے سے انگلی کے اشارے سے کہا "ایک آنہ کے فالسے دے دو۔"

فالسے والے نے جو لہک لہک کر آواز لگانے میں مگن تھا بختیار کے ہاتھ سے اکنی لے اپنی گلک میں ڈالی اور گاتے ہی گاتے ایک پڑیا میں فالسے ڈالے۔ ان پر نمک

چھڑکا۔ دو چار دفعہ پڑیا کو اچھالا اور بختیار کو "لومنے" کہہ کر پکڑا دی اور پھر گانے میں مصروف ہو گیا۔ وہ گا رہا تھا:۔

"آؤ بچو! کھاؤ میرے کالے کالے، اودے اودے، میٹھے میٹھے فالسے۔"

"آؤ بچو! کھاؤ میرے کالے کالے۔۔۔"

بختیار کو اس کی امی اسکول کے لئے ایک آنہ روز دیتی تھیں کہ اس کا دل چاہے تو کوئی صاف ستھری چیز گھر پر لا کر کھا لے ورنہ پیسے جمع کر کے اپنے لئے کوئی اچھی سی کہانیوں کی کتاب خرید لے۔ ننھا بختیار اسی اکنی کے فالسے کی پڑیا مٹھی میں دبا گھر کی طرف چل دیا۔ گھر جا کر کتابوں کا بستہ مقررہ جگہ پر رکھا اور فالسوں کی پڑیاں ماں کو دی، اپنی یونیفارم اور جوتے موزے اتارے، ہاتھ منہ دھو کر کھانا کھانے بیٹھا اور بڑے جوش سے ماں سے کہا "امی آپ نے فالسے کھائے؟ کتنی مزیدار ہیں نا؟ امی نے کہا "فالسے کھانے سے پہلے میں نے انہیں دھویا اور پھر سے نمک چھڑکا۔ بازار کے کھلے ہوئے فالسے تھے۔ نہ جانے صاف تھے یا نہیں۔ کھانا کھا کر میں بھی دو چار کھالوں گی، باقی تم کھانا۔ فالسے بہت فائدہ مند ہوتے ہیں صحت کے لئے۔ مگر صفائی ضروری ہے۔ تمہارا جی چاہے تو اپنے باغ کی کیاریوں میں اس کی گٹھلیاں بکھیر دینا۔ تمہارے گھر میں فالسے ہی فالسے ہو جائیں گے۔"

بختیار کھانا ختم کر کے فالسے کھاتا جائے اور گٹھلیاں جمع کرتا جائے اور پھر اس نے وہ گٹھلیاں اپنی کیاری میں ڈال دیں۔

کچھ دنوں بعد ایک ننھا سا پودا زمین سے نکلا۔ ننھا بختیار خوشی سے اچھل پڑا۔ دوڑ کر امی کو پکڑ کر لایا۔ "امی، دیکھئے میرے فالسے کا پودا نکلا۔" اسے دھیان سے پانی

دیا کرو۔ کبھی کبھی زمین کی گڑائی کرتے رہا کرو۔ میں کھاد اور میٹھی مٹی منگا کر ڈلواتی رہوں گی۔ بس پھر تمہارا یہ ننھا پودا جلدی سے بڑا اور پھل دار درخت بن جائے گا۔"

ننھا بختیار ہر روز اسکول سے آ کر دو پہر کو آرام کرنے کے بعد اپنے دماغ میں اپنی ماں کے ساتھ کام کرتا اور فالسے کی پتیوں کو محبت سے چومتا اور اسے بڑا ہوتے دیکھ کر جی ہی جی میں خوش ہوتا۔

ایک روز بختیار نے اپنے فالسے کے درخت میں بہت سے پیلے پیلے نازک سے پھول لگے ہوئے دیکھے۔ اس نے ان پھولوں کا ذکر اپنے اسکول کے دوستوں سے کیا۔ دوستوں کا بھی دیکھنے کو جی چاہا۔ وہ بختیار کے ساتھ اس کے گھر آئے اور پھول دیکھ کر سب بہت خوش ہوئے۔ انہوں نے ہاتھ بڑھائے کہ پھول توڑ کر گھر لے جائیں اور خوش ہوں مگر جیسے ہی بچوں کے ہاتھ درخت کی طرف بڑھے ایک آواز آئی جیسے کوئی درد بھری آواز سے کہہ رہا ہو "ہائے ظالم، مار ڈالا۔"

بچوں نے ڈر کے مارے اپنے ہاتھ پیچھے کر لئے اور ادھر ادھر دیکھنے لگے کہ شاید کوئی آدمی بول رہا ہو۔ مگر جب انہیں کوئی نظر نہ آیا تو دوبارہ پھول توڑنے کے لئے اپنے ہاتھ بڑھائے، مگر پھر وہی آواز آئی۔ "ہائے ظالم، مار ڈالا" اب تو سب بچے "بھوت بھوت" کہتے اپنے اپنے گھروں کو بھاگے۔ بچارا بختیار اپنے گھر کے اندر بھاگا اور جا کر اپنی امی کو سب حال بتا دیا۔

امی باہر آئیں کہ دیکھیں کون بھوت ہے جو بچوں کو ڈرا رہا ہے۔ امی نے درخت کی طرف ہاتھ بڑھایا تو انہیں وہی آواز سنائی دی۔ وہ سمجھ گئیں کہ درخت کو اپنے

پھولوں کے توڑے جانے کا درد ہے۔ انہوں نے بختیار کو سمجھایا "بیٹا یہ بھوت کی آواز نہیں ہے۔ بلکہ درخت کہہ رہا ہے کہ میرے پھول نہ توڑو۔ ان کے توڑنے سے مجھے دکھ ہو گا، کیونکہ پھولوں سے فالسے بنیں گے اور اگر انہیں توڑ لوگے تو میں پھول دار کیسے بنوں گا۔"

بختیار کو فالسے کے درخت سے بہت سے محبت تھی۔ فوراً ایک اچھے بچے کی طرح اپنی ماں کی بات اس کی سمجھ میں آ گئی اور اس نے ان پھولوں کو ہاتھ نہ لگایا۔

تھوڑے دنوں بعد اس درخت میں ہری ہری گٹھلیاں سی لگی ہوئی دیکھنے میں آئیں تو بختیار سمجھا کہ یہی فالسے ہیں۔ اس نے اسکول میں اپنے دوستوں سے بتایا کہ میرے درخت میں بہت سے فالسے آ رہے ہیں۔ اس کے دوستوں کو وہ پچھلا بھوت کا واقعہ کچھ یاد تو تھا مگر فالسے کھانے کے شوق میں اسکول سے واپسی پر وہ پھر بختیار کے ساتھ اس کے گھر پر آ ہی دھمکے۔ ہاتھ بڑھا کر فالسے توڑنا ہی چاہتے تھے کہ پھر وہی درد ناک آواز سنائی دی "ہائے ظالم، مار ڈالا" اوہو! بچوں کو اب پوری طرح یقین ہو گیا کہ بختیار کے فالسے کا درخت بھوتوں کا اڈا ہے۔ بھاگے سب کے سب اور اپنے اپنے گھر جا کر ہی دم لیا۔ ننھا بختیار یہ تماشہ دیکھ کر باہر آیا "امی سچ کہہ رہا ہوں فالسے کے درخت کے اندر بھوت رہتا ہے۔ ابھی پھر اس میں سے آواز آئی تھی۔" امی اپنی ہنسی روکتی جائیں اور پتوں کو ہٹا کر دیکھنا چاہتی تھیں کہ کون بھوت ہے۔ امی کا ہاتھ بڑھتے دیکھ کر درخت سمجھا وہ بھی اس کے فالسے توڑنے آ گئیں۔ پھر اس میں سے آواز آئی "ہائے ظالم، مار ڈالا۔"

امی سمجھ گئیں اور کہنے لگیں۔ "دیکھو، یہ بھوت کی آواز نہیں ہے۔ یہ درخت

نہیں چاہتا کہ اس کا کچا پھل توڑا جائے۔ جب پک جائے تو کھانا۔ اس لئے یہ بچارہ اس طرح کہہ رہا ہے۔" ننھا بختیار کچھ سمجھا کچھ نہ سمجھا، مگر چپ ضرور ہو گیا۔

کوئی پندرہ دن کے بعد ایک صبح اسکول جانے سے پہلے بختیار نے دیکھا کہ اس کے فالسے کا درخت بڑا حسین نظر آرہا ہے۔ ہری ہری پیتوں کی آڑ سے ڈالیوں میں لگے ہوئے اودے اودے کالے کالے فالسے جھانک رہے تھے اور پھلوں سے لدی ہوئی ڈالیاں خوشی سے جھوم رہی تھیں۔ اس نے سوچا کہ بس اپنے دوستوں کو فالسے ضرور کھلاؤں گا اور خود بھی کھاؤں گا۔

اسکول سے واپسی پر وہ اپنے دوستوں کو ساتھ لایا۔ بچے کہنے لگے "بھئی تمہارا درخت تو بھوتوں کا اڈا ہے۔ ہاتھ نہیں لگانے دیتا۔ ہم کیسے فالسے کھائیں گے؟" یہ کہتے گئے اور ہاتھ بڑھا کے فالسے توڑنے لگے، مگر اس بار درخت میں سے بڑی پیار بھری دھیمی دھیمی آواز آرہی تھی "آؤ بچو! کھاؤ میرے کالے کالے، اودے اودے، میٹھے میٹھے فالسے۔ آؤ بچو۔۔۔" اور ڈالیاں تھیں کہ بچوں کے آگے محبت سے بڑھی آتی تھیں، جھکی جاتی تھیں۔

اس روز سب بچوں اور ننھے بختیار نے خوب مزے لے لے کر اپنے درخت سے فالسے توڑ توڑ کر کھائے اور تھوڑے تھوڑے فالسے جیبوں میں بھر کر اپنے اپنے گھر لے گئے۔ راستہ بھر ایک دوسرے سے کہتے تھے "بختیار کا درخت بولتا درخت ہے، مگر ہے بڑے کام کا، ہم بھی اس کے فالسے کے بیج اپنے گھر میں بوئیں گے۔"

***